à La Bibliothèque du Roy

EPITRE

A

UN JEUNE AUTEUR,

SUR

L'ABUS DES TALENS

DE L'ESPRIT.

A PARIS,

De l'Imprimerie de PRAULT pere, Quai de Gêvres, au Paradis.

M. DCC. L.

Avec Approbation & Permission.

EPITRE
A
UN JEUNE AUTEUR,
SUR L'ABUS
DES TALENS DE L'ESPRIT.

UN Citoyen verra désoler sa Patrie,
Ses titres dégradés, & sa gloire flétrie,
Et ne s'armera pas contre les ennemis
Du pouvoir souverain auquel il s'est soumis!...
Et moi, qui des neuf Sœurs, dès l'âge le plus tendre,
Recherchai les bienfaits, sans oser y prétendre,
Je verrai prophaner leur temple & leurs autels,
Sans daigner réclamer leurs honneurs immortels!

A

Moi, lâche ſpectateur de cette violence,
Je garderai toujours un timide ſilence
Sur le funeſte ſort des talens précieux,
Que, pour notre bonheur, la terre obtint des Cieux!
Non, non, trop occupé de venger votre culte,
C'eſt votre intérêt ſeul, Muſes, que je conſulte;
Et, ſi je ſuis puni de ma témérité,
Mon zéle aura du moins pour lui la vérité.
Mais avant que l'on m'ait arraché la victoire,
Je vendrai cher des jours livrés pour votre gloire;
Et peut-être, en tombant, mes regards abattus,
Verront-ils refleurir le régne des Vertus.
C'eſt ainſi qu'un ſoldat, expoſé pour l'Empire,
Prouve encor ſa valeur lors même qu'il expire;
Et, dans les champs de Mars, ſuccombant ſous le poids,
Défend encor l'Etat de l'œil & de la voix.
Tels ſeront, ſi j'en croi les tranſports de mon ame,
Tels ſeront les efforts du zéle qui m'enflamme....

Et toi, pour qui les dieux me mirent de moitié
Dans les charmans liens d'une tendre amitié,
Toi, mon ſecond moi-même, & de qui je partage
La plus légere peine & le moindre avantage,
ALCIPE, dans ces vers, reçois publiquement
Le gage le plus ſûr de mon attachement.

Je vois, avec plaiſir, aſſis ſur la barriére,
Ton eſprit, jeune encor, briller dans la carriére
Où ſe ſont diſtingués d'illuſtres Ecrivains,
De leurs premiers ſuccès peut-être un peu trop vains;
Je vois avec tranſport s'épanouir ta gloire;
Tu voles, ſans obſtacle, au Temple de Mémoire:
Mais, dans ce Temple même, Alcipe, ignores-tu
Que l'on n'eſt pas toujours inſcrit par la Vertu?
Si l'on y voit gravé le grand nom de *Socrates*;
On y retrouve auſſi l'hiſtoire d'*Eroſtrates*.
Le vice participe à l'immortalité;
Privilége cruel quand on eſt déteſté! . . . . .
Des Talens de l'Eſprit telle eſt la deſtinée,
La ſource, quelquefois, en eſt empoiſonnée.

Craignons pour notre nom les ſiécles à venir,
Si par le deshonneur il y faut parvenir.
Satisfaits d'éviter la honte & le naufrage,
Préférons la ſageſſe au plus brillant ſuffrage;
Cher Alcipe, il vaut mieux dans l'ombre être ignoré,
Que d'être avec éclat proſcrit, deshonoré.
D'autres, avec ſuccès, formeront ton génie
Aux accens enchanteurs du Dieu de l'harmonie,
Ils t'enſeigneront l'art de polir un Ecrit;
Je leur laiſſe le ſoin de guider ton eſprit:
Mais craignant, dans ton cœur, juſqu'à la moindre tache,
C'eſt à tes ſentimens, ami, que je m'attache.
L'eſprit, ſans la vertu, n'eſt qu'un lâche impoſteur,
Il faut être honnête homme avant que d'être Auteur.
Par de ſublimes vers c'eſt en vain qu'on m'enchante,
Si je dois mépriſer la voix qui me les chante;
Et je redouterois, pour toi, comme un affront,
Qu'un indigne laurier vînt couronner ton front.
De la mer dangereuſe où ton âge intrépide
Va te faire voguer d'une aîle ſi rapide,

Parcourons les écueils où l'on peut ſe briſer,
Entraîné par le ſoin de s'immortaliſer.

De tout tems les Talens, que l'Eſprit fait éclore,
Furent, pour la Raiſon, ce qu'eſt l'aimable Flore;
Dans les champs où Zéphir voltige ſur ſes pas,
Aux lieux qu'elle embellit de ſes rians appas:
Mais ſouvent les attraits de la fleur la plus belle,
Dérobent le danger de quelque herbe mortelle,
Dont le ſuc vénimeux fera bien-tôt périr
L'imprudente brebis trop prompte à s'en nourrir.

Ainſi, de notre eſprit les talens agréables
Peuvent cauſer des maux ou des biens incroyables;
Tréſor ineſtimable, ou préſent malheureux,
Si l'Ecrivain eſt ſage, ou s'il eſt dangereux.
Ils ſont, chez l'honnête homme, une ſource féconde
D'ornemens, de vertus, de plaiſirs pour le monde;
Et le vice les change en un fatal poiſon,
Qui corrompt, à la fois, le cœur & la raiſon.

Ne crois pas, qu'en ces vers, Critique téméraire,
J'aſpire à réformer l'Empire Littéraire,

Ni que, de mille abus, moderne délateur,
J'ose usurper les droits d'un fier législateur;
Je cherche à profiter, non à parler en maître,
Je veux me peindre tel que le ciel m'a fait naître;
Et nous pouvons, je croi, céder sans vanité,
Aux loix du Sentiment & de la Probité.

Il est quelques mortels dont l'innocente gloire
Honorera toujours le Temple de Mémoire;
Pour nous le conserver ils ont reçu des Cieux,
D'un goût pur & certain, le dépôt précieux;
Les neuf Sœurs, à leurs soins, ont confié leur Temple:
Mais quelle est leur douleur, lorsque leur œil contemple
Quel nuage obscurcit les talens glorieux,
Faits pour nous rendre tous aussi sages qu'heureux!

Ici, des fiers *Titans* renouvellant l'histoire,
Et sur les préjugés publiant sa victoire,
L'*Esprit-fort* se dégrade en osant censurer
Ce que, dans le silence, il devroit adorer;
Il l'adore en effet: mais un mortel profane
Voudroit anéantir la loi qui le condamne;

En insultant son juge il croit s'y dérober :
Sous sa main cependant tout prêt à succomber,
L'orgueilleux s'humilie, & l'enfant de la terre
Qui bravoit l'Eternel, redoute le tonnerre.
Heureux ceux que l'amour de la Religion
Dérobe à l'air impur de la contagion !

Là, dans un antre affreux, la sombre *Jalousie*
Dévorant le poison dont son ame est saisie,
Préfere indignement à de nobles travaux,
Le soin bas & cruel d'avilir ses rivaux ;
De Serpens menaçans sa tête est couronnée,
Sur son trône de fer elle est environnée
Des lauriers, arrachés au mérite vainqueur,
Qu'elle amasse & déchire encor avec fureur;
D'un nouvel *Amphion* si la voix nous attire,
Contre lui, tout-à-coup, elle arme la *Satyre ;*
L'Orgueil, pour la fléchir, lui donne de l'encens,
Et la Malignité sourit à ses accens ;
Ardente à nous blesser, & non à nous instruire,
Ce n'est point réparer qu'elle veut, c'est détruire ;

Disons mieux, elle veut, par un fiel séducteur,
Dégrader, à la fois, & l'Ouvrage & l'Auteur.
Ah! Par quel triste sort le poison de l'Envie
Attaque-t-il les jours les plus beaux de la vie!
Pourquoi tant de talens, formés pour être unis,
De cette indigne tache ont-ils été ternis!
Aux mouvemens jaloux faut-il qu'on s'accoutume,
Et que le plus doux miel se change en amertume!
Plus loin, dans ses tableaux allarmant la Pudeur,
Peintre contagieux d'une coupable ardeur,
Un Ecrivain obscur, arborant la licence,
Fait circuler le vice, & regner l'indécence,
Et d'un Lecteur oisif infectant les loisirs,
Accrédite le crime, & bannit les plaisirs;
Sur les traits dangereux sa main appésantie,
Ne sait point respecter l'aimable Modestie;
La jeunesse imprudente applaudit au vainqueur,
Dont l'Ecrit empoisonne & l'esprit & le cœur;
Mais, bientôt les dégoûts dissipant l'imposture,
Vengent la pureté qu'outrageoit la Peinture.

Ce n'eſt pas que ce ſoit une témérité
D'embellir la Vertu, d'orner la Vérité;
Il faut, pour qu'on les aime autant qu'on les révere,
Que leur voix ſoit ſouvent plus douce que ſévere,
Sous d'aimables dehors voilant leurs traits vainqueurs,
Elles n'en font que mieux la conquête des cœurs;
Elles n'enchaîneront les mortels ſur leurs traces,
Qu'autant qu'à la Sageſſe elles joindront les Graces,
Et que l'inſtruction en prendra les couleurs,
Comme l'on voit les fruits ſe cacher ſous les fleurs:
Mais ces brillantes fleurs ſeront bien-tôt fanées,
Si par un ſoufle impur elles ſont profanées.
Le Talent, quel qu'il ſoit, par le vice avili,
Par les Graces jamais ne peut être embelli.
Vous ſeules en effet, ô Vertus reſpectables!
Vous ſeules inſpirez les talens véritables;
Et ce n'eſt qu'en ſuivant votre divin flambeau,
Que l'on trouve le *Bon* ſans s'éloigner du *Beau*.

Mais un monſtre nouveau, l'indigne *Flatterie*,
Que devance l'Audace & ſuit la Fourberie,

Vient, baſſement rampant aux pieds de la Grandeur,
Maſquer par intérêt, & louer ſans pudeur
Le vice à qui ſa main trompeuſe & mercénaire,
Veut donner des vertus l'éclat imaginaire;
C'eſt elle qui jadis égaroit *Cicéron*,
Et dictoit à *Lucain* l'éloge de *Néron*.
Ah! Payons aux Vertus que l'univers eſtime
Le trop juſte tribut d'un encens légitime;
Si ce n'eſt même aſſez d'éloges immortels,
Au Mérite éclatant élevons des autels:
Mais un vain compliment, dont l'équité murmure,
Ceſſe d'être louange, & devient une injure,
Si le Panégyriſte, en louant ſon Héros,
Ne prouve par des faits, ce qu'il peint par des mots.
    Mais, pour juſtifier l'égarement coupable,
Dont l'abus de l'Eſprit l'aura rendu capable,
L'Auteur citera-t-il les prétendus ſuccès
De quelques Ecrivains fameux par leurs excès?
Quels ſuccès! En eſt-il où n'eſt pas la Sageſſe?
Apprécions l'encens que donne avec largeſſe

Un Lecteur, qui, séduit par son propre penchant,
Aux méchans applaudit parce qu'il est méchant.
Cet applaudissement qu'a produit le prestige,
Laisse-t-il après lui quelque noble vestige?
Ah! Le moment d'yvresse à peine est dissipé,
Que la raison reprend son pouvoir usurpé:
C'est alors qu'on prononce; & ceux qui dans leur ame
Retrouvent tous les traits des erreurs que je blâme,
Ne condamnent pas moins l'Ecrivain indiscret,
Et n'en feront jamais leur ami qu'à regret;
S'il attaque les Dieux, sa plume criminelle
Jettera sur ses mœurs une tache éternelle;
Car tel est le lien d'un culte respecté,
Qu'il tient à tous les nœuds de la société,
Et qu'il n'en est aucun qu'on n'accuse de rompre
Celui qui sur ce point travaille à nous corrompre.
SALMONÉE exerça d'abord sur les humains
Le tonnerre insensé qu'avoit formé ses mains;
Et si celle des Dieux ne l'eût réduit en poudre,
Croyez que l'Univers eût prévenu la foudre,

Et qu'on l'auroit puni de ſon impiété,
Comme perturbateur de la ſociété.
Eloignons, j'y conſens, cette image terrible,
Le cœur ſe garantit aiſément de l'horrible;
Il ſuffit, pour le fuir, qu'il ait bien conſulté
L'intérêt de ſa gloire & de ſa ſûreté.
Il eſt d'autres objets, d'autant plus redoutables,
Qu'ils ſéduiſent d'abord par des dehors aimables;
Un trait fin & piquant rit-il à notre eſprit?
On le goûte, on s'y livre; il eſt bientôt écrit;
C'eſt trop peu, dans le monde il faudra qu'il circule,
Et qu'il aille afficher quelqu'homme ridicule,
Ou qu'il donne pour tel, ſans rien analyſer,
Quelque nom que l'Auteur veut ridiculiſer;
Car je laiſſe à l'écart la noire Calomnie,
Et je n'attaque ici que la fine Ironie;
Stilet perfide & ſûr, poignard empoiſonné,
D'autant plus dangereux qu'il eſt moins ſoupçonné.
Un libelle odieux que dicte *Therpſicore*,
Eſt auſſi criminel, mais moins à craindre encore.

Pour ſe faire goûter il a trop de noirceur ;
C'eſt le malin Brocard qui plaît par ſa douceur,
Son air ingénieux, ſéduit ſans qu'on y penſe.
D'un bon mot cependant quelle eſt la récompenſe ?
Quel laurier produit-il à l'Auteur applaudi ?
Quelqu'un, pour l'eſtimer, eſt-il aſſez hardi ?
Le *Juvénal* François qu'illuſtra la Satyre,
Et qui connut auſſi les malheurs qu'elle attire,
Dit, en les rappellant : *Que ſouvent le Lecteur*
Rit tout haut de l'Ouvrage, & tout bas de l'Auteur.
Et moi, j'oſe ajoûter à ce trait d'un grand maître :
Malheur à l'Ecrivain que les dieux firent naître
Avec ce don fatal & ce penchant cruel ;
Son faux honneur enfante un deshonneur réel.
Oui, bien loin que l'eſprit excuſe la cenſure,
Du blâme qu'elle excite il devient la meſure.
Plus le tréſor du riche eſt grand & précieux,
Plus l'abus qu'il en fait doit le rendre odieux.
Mais, que vois-je ! Pourquoi l'ingénu *La Fontaine*
Baigne-t-il de ſes pleurs les bords de l'Hipocrêne ?

D'apologues charmans l'admirable recueil
Seroit-il pour sa gloire un déplorable écueil ?
Non, non, de ces récits l'innocente chimére
Ne causera jamais cette douleur amére ;
A d'autres fictions il doit son repentir,
Et son stile enchanteur ne put l'en garantir.
Les vains ajustemens que la Laideur se forme ;
Ne servent qu'à la rendre encore plus difforme.
L'Indécence a besoin, pour offrir des attraits,
Que les Ris & les Jeux animent ses portraits :
Mais les Ris & les Jeux, les Amours & les Graces ;
Ne peuvent l'enlever à de justes disgraces.
Heureux qui sait si bien pour lui les faire agir ,
Que de ce qu'il leur doit il n'ait point à rougir !
Disons plus ; l'Indécence a toujours mis en fuite
Le goût des vrais plaisirs, les Graces & leur suite.
On raconte qu'un jour, dans le sacré Vallon,
Les Muses célébroient les bienfaits d'Apollon ;
Elles dansoient au son de la divine Lyre
Qui donne & qui gouverne un aimable délire ;

Minerve applaudiſſoit à leurs jeux innocens,
Et daignoit prendre part à leurs tendres accens ;
Un Satyre imprudent ſe mêla dans la fête :
Adieu Muſes & Jeux, & Minerve à leur tête.
Mais le Pinde n'eſt-il fertile qu'en abus ?
La Sageſſe y reçoit auſſi d'heureux tributs.

La France offre à nos yeux plus d'un fameux Lycée
Où l'on voit par le Goût la Raiſon encenſée,
Où, ſous d'heureuſes loix, les talens épurés,
Des titres les plus beaux ont été décorés ;
C'eſt là, que ſans corrompre ou farder la nature,
Les mœurs ont, de l'eſprit, embraſſé la culture ;
Et que pour éviter de funeſtes hazards,
La Vertu s'eſt fixée à côté des beaux Arts.

Les uns, depuis long-tems, diſciples d'*Uranie*, *
A de ſublimes loix ſoumettant le génie,
De la *Philoſophie* annoncent les decrets,
Et ne dédaignent pas d'embellir ſes arrêts ;
Certains que la Raiſon, qui par eux nous éclaire,
Pour guider les mortels a beſoin de leur plaire.

* *Les Philoſophes.*

D'autres à leur esprit donnant un libre essor,
Du langage des Dieux découvrent le trésor;
(1) Les Poëtes Tragiques. Et, soit qu'à nos devoirs la fiére *Melpomenne*, (1)
Un poignard à la main, en tremblant nous ramenne;
Soit que, sous d'autres traits dissipant nos douleurs,
Un badinage orné de brillantes couleurs,
(2) Les Auteurs Comiques. Présente à nos regards la riante *Thalie*, (2)
Qui sait, en la jouant, corriger la Folie;
Les Vers de ces Auteurs ne sont point de vains sons,
Et le Vrai fut toujours l'ame de leurs Chansons.
Quels nouveaux *Cicérons*, quels nouveaux *Démosthénes*
(3) Les Orateurs sacrés & profanes. Nous rendent l'éloquence & de *Rome* & d'*Athénes*? (3)
En lançant contre nous la foudre & les éclairs,
Se bornent-ils au bruit dont ils frappent les airs?
Non, non, les vérités les plus intéressantes,
Deviennent dans leur bouche encore plus pressantes;
On les goûte, on s'y rend, & l'art des Orateurs,
Apprend l'art de bien vivre à ses admirateurs.

Mais

Mais tant d'Ecrits fameux que l'Antiquité vante,
Seroient moins précieux pour l'Europe ſçavante,
Et n'auroient eu chez nous que bien peu de Lecteurs,*
S'ils n'euſſent pas trouvé d'excellens Traducteurs.
Les ſecours abondans, *Rome*, que tu nous prêtes,
Ne les devons-nous pas aux doctes Interprêtes,
Qui, ſur un zéle ardent meſurant leurs travaux,
Par de pénibles ſoins t'ont créé des rivaux?
Ne ſont-ce pas auſſi ces copiſtes fidéles,
Athenes, qui, chez toi, nous donnent des modéles?
S'ils t'ont fait des ingrats chez tes imitateurs,
C'eſt que notre folie eſt d'être créateurs.
C'eſt par eux que la France eſt encor embellie
Des tréſors d'*Albion*, & de ceux d'*Italie*.

Tel on voit à travers les feux & les frimats
Qui ſéparent de nous les plus lointains climats,
Sur des vaiſſeaux portés par des aîles légeres,
Parcourant, tour-à-tour, les terres étrangeres,
Le hardi Commerçant enrichir l'Univers
De mille biens épars en des Pays divers.

* *Les Traducteurs.*

* *Les Historiens.*

Quels mortels * apperçois-je assis sur la barriére,
Qui, la plume à la main, contemplent la carriére ?
Spectateurs éclairés des hommes & des faits,
Leur dessein est aussi de nous rendre parfaits ;
Les exemples passés par eux se renouvellent,
Aux siécles à venir les nôtres se révelent.
Ami, sans flaterie, & Peintre sans égards,
Le sage Historien retrace à nos regards
Et les grandes Vertus & les grands Ridicules,
Les craintes de *Thersite*, & les travaux d'*Hercules*.
Lisons dans les tableaux de nos prédécesseurs
Ce que, dans nos portraits, liront nos successeurs ;
Quels seront leurs transports lorsque dans notre Histoire,
Ils verront que LOUIS, chéri de la Victoire,
Préféra noblement, au faste des vainqueurs,
L'avantage plus doux de régner sur les cœurs.
Songez donc à remplir vos hautes destinées ;
Muses, n'oubliez pas pourquoi vous êtes nées ;

Que votre art enchanteur ſoit éternellement
De vos concitoyens l'exemple & l'ornement.
Et pour mettre le comble à nos deſtins propices,
Apprenons à goûter, ſous d'aimables auſpices,
La paix, la douce paix ſi chere à nos travaux :
Puiſſent nos Talens ſeuls nous faire des rivaux !
Et comme nous voyons la Terre faire éclore
Les faveurs de *Pomonne* & les préſens de *Flore*,
A l'aſpect des rayons du bel Aſtre du jour,
O *Muſes !* vous verrez dans ce riant ſéjour
Embelli par les dons de votre auguſte Maître,
D'un ſeul de ſes regards votre Roi faire naître
Une moiſſon de fruits, de lauriers & de fleurs,
Qui charmeront vos yeux, ſans leur coûter des pleurs.
Voilà, mon cher Alcipe, une agréable image;
De portraits moins flateurs qu'elle te dédommage;
J'aurois voulu pouvoir épargner à tes yeux,
De l'abus des Talens le ſpectacle odieux :
Mais lorſque pour chercher ſon deſtin chez les ombres,
La *Sybille* guidoit, dans les Royaumes ſombres,

Enée. Des *Troyens* pourſuivis le Héros * généreux,
Borna-t-elle ſes pas au ſéjour des heureux ?
Ne lui fit-elle voir que l'aimable *Eliſée*
Où l'humaine ſageſſe eſt immortaliſée ?
Non ; elle conduiſit auſſi ſes pas tremblans,
Où le crime gémit ſous des maux accablans :
Le tableau des méchans condamnés aux ſupplices,
L'éloignoit pour jamais d'être de leurs complices,
Comme de la Vertu les honneurs immortels,
Lui faiſoient une loi d'encenſer ſes autels.

Que le cœur ſeul en toi produiſe ce miracle,
Il ſera ta *Sybille*, il ſera ton oracle ;
Alcipe, il t'apprendra que l'eſprit n'a d'honneur
Qu'autant que ſes talens fondent notre bonheur ;
Et que l'homme, ici-bas, n'a de bonheur durable,
Qu'autant que la Vertu le rend inaltérable :
Tout ne le dit-il pas ? Mais de cet argument,
La preuve la plus ſûre eſt dans le ſentiment.

F I N.

Lû & approuvé, le treize Mai mil sept cent cinquante. Signé, CREBILLON.

Vû l'Approbation, permis d'imprimer, à la charge d'enregistrement à la Chambre Syndicale. Ce dix-sept Mai 1750. *Signé*, BERRYER.

Registré sur le Registre de la Communauté des Libraires-Imprimeurs de Paris, N°. 3200. conformément aux Reglemens, & notamment à l'Arrêt du Conseil du 10 Juillet 1745. A Paris ce 5. Juin 1750.

Signé, LEGRAS, Syndic.

www.ingramcontent.com/pod-product-compliance
Lightning Source LLC
LaVergne TN
LVHW050510160826
845677LV00003B/1046

* 9 7 8 2 3 2 9 6 3 6 8 5 6 *